LES PENSEES VTILES, NECESSAIRES AV PVBLIC.

Sur le Temps present.

A PARIS,

M. DC. L.

LES PENSÉES
VTILES,
NECESSAIRES
AV PVBLIC,

Sur le Temps present.

MOrtel qui que tu sois, amateur de la vie
Sçais-tu bien le mal-heur qui te suit &
t'enuie?
La vie que tu cheris t'expose à la rigueur
Du Iuge Souuerain, qui luy donne vigueur:
Tu as beau posseder icy bas toutes choses
Tu trouueras tousiours les espines & les roses
Meslées également parmy tes passe-temps,
Car les biens que tu as te seront mescontens,
Par leurs mesmes douceurs & leurs plus grãds delices
Te causans des tourmens & de cruels supplices:
Soit par le souuenir qu'il te sont mal acquis
Ou les abandonner quand tu seras requis.
Viure n'est que souffrir, & pescher à toute heure,
Car comme le peché tousiours en toy demeure,
Tes peines dureront pareillement touiours,

Depuis ce triste iour qu'Adam eut pris son cours
Dans la plaine des maux causez par son offense,
Nous n'auons peu trouuer vn seiour de deffense.
De Syon ce beau mont nous fusmes enuoyez,
Dans ce triste pays qui nous a desuoyez :
Païs, dis-ie, remply, de miseres & de pleurs
Puisque nous y sentons à tous coups les douleurs,
Que si par le passé l'on a veu Democrite
Se rire aussi souuent que pleuroit Heraclite,
Des sages estoient loüez, & se mocquoient de foux,
Qui prenans leurs plaisirs s'accumuloient des iougs,
Aymans par trop la vie, sans penser à la Parque
Qui contraint vn chascun entrer dedans sa barque.
La gloire & l'honneur des belles actions
Se terminent à leur fin par fortes passions,
C'est cét obiect charmant qui se forme en Couronne,
Qui frappez de son but la recompense donne,
La mort est cét obiect qui termine nos iours,
Le sepulchre est ce but qui change les attours
De nos couches, en de licts, où le bon-heur repose,
C'est-là, que gist le prix, où le guerdon se pose,
C'est-là, que nos soucis, trouueront leur repos,
C'est au tombeau que gist leur bon-heur en depost,
Puisque nous y trouuons la boüe comme la cendre,
Meslange qui nous fait tres-clairement comprendre
Nostre principe, & fin, nostre vie, nostre mort,

Qui

Qui nous fera sentir le bon ou mauuais sort
Ie sçay bien qu'il n'est rien, de si noble que l'estre
Nature cependant qui nous a tous fait naistre
Ressent tousiours l'odeur de sa corruption
Consequemment tout estre de sa production
Sera tousiours suiet à quelque mauuis vice
Changeant à tout moment, en suiuant son caprice.
Estre homme, c'est auoir les miseres en propre,
C'est partager aux maux d'vn heritage impropre
Estre homme, c'est auoir la vie d'vn fumier,
Auoir le corps formé de quelque limier
Estre homme c'est porter pour son titre d'office
Le surnom d'affligez non exempt de malice
Qui ne peut respirer que mesme en souspirant
Ny mesme souspirer que l'air en expirant,
Qu'il a souuent battu de ses tristes complaintes,
Estre homme, c'est enfin porter les marques peintes
De son impieté iusque dans les tombeaux,
Mais de plus c'est porter d'vne mort les lambeaux
Colorez du peché, qui ioüera de l'escrime
Auecque le remords qui sentira son crime :
Quel plaisir icy bas pouuons nous donc trouuer
Voyant que les plaisirs, l'infortune & misere
Sont trois filandiers de la triste Megere
Qui fait sauuer les bons, les mauuais reprouuer
Quel repos auons-nous, si ces puans cloaques

Infectent si souuent nos ames par leurs sens
Quel bon-heur, si la vie nous rend si languissans
Par le bruit des remords qui nous font tant d'attaques
Quelle ioye auons nous mesmement dans nos songes,
Lesquels souuentesfois nous rendent criminels,
Nous faisant ressentir les vices colonels
Qui cõmandent à nos cœurs, ce n'est pas vn mensonge:
O que mourir est doux! chose dure de viure
La mort en nous coupant la trame des malheurs
Nous ourdit vn filet tout orné de bonheurs,
Qui nous fera perir pour vn iamais reuiure
La mort en nous changeant la nature des plaintes,
Nous comblera de ioyes conformes à nos desirs
La vie tout à rebours coupable en ses plaisirs
Nous donnera tousiours des allarmes & des craintes.
Finissons ce discours pour venir à mon poinct,
Ie suis pressé de voir l'esguillon qui me poinct.
Vn acte pur & simple du Monarque eternel
Pouuoit nous rachepter sans ce laict maternel
Produit diuinement chez la nymphe sacrée
Ce moyen fut l'amour de la Sagesse incrée
Ce chef-d'œuure ayant faict par le motif d'amour
Destiné de tout temps le iour n'estant pas iour,
La iustice n'y fut nullement appellée,
Adam ayant mangé la pomme non pelée,
De là considerant cet homme Dieu puissant

Tout nud tremblant de froid, defarmé, languiffant
Mon cœur d'eftonnemeut eft reduit à la gehenne :
Quoy ce Verbe eternel, quittant fans nulle peine,
Le ciel empyrée vint prendre à noftre acquit
Librement la Croix, dés l'heure qu'il nafquit.
O l'excez amoureux formé fans nos merites,
Qui fera donc celuy qui d'vn tel bien n'herite,
Qui fera maintenant icy bas malheureux
Puis qu'vn tel amateur nous donne vn fort heureux,
Mais quoy, cet infiny, vny par hypoftafe,
A noftre humanité endure cet extafe,
Il fouffre par amour fes peines & fes douleurs,
Et nous ne verfons pas pour cet amant des pleurs :
Mais quoy, ce troisfois fainct, ce troisfois adorable
S'habillant comme nous fera fi mefprifable,
On luy bande les yeux, on le frappe, on le rit,
Où font nos arrogans pour imiter ce Chrift,
Quoy, dis-ie, cet Autheur de la machine ronde,
Qu'on ne peut pas nommer proprement dans ce monde
Comme eftant efleué par fon eftre infiny,
Deffus tout eftre humain, qui a le fien finy :
Se fera-il traifner par les boues auec honte
Pour faire triompher l'amour qui le furmonte,
En defpit des crachats, des verges & des croix
Demandant de douleur à boire à haute voix :
Il a foulé l'enfer, la mort mefme & l'enuie ;

Terrassé le peché en finissant sa vie.
Qui sont les cœurs de fer, de bronze & d'acier,
Qui ne seront touchez d'vn tel deuancier:
C'est cet estre des estres, dont parloit Aristote
Contenir en soy tous des estres l'antidote,
Ces attributs diuins, tous ces tiltres d'honneur
Qu'on luy donne icy bas ne marquent la valeur,
Du moindre eschantillon, de son charmant ouurage.
Quoy ce buisson ardant sans ressentir dommage,
Deuant Moyse bruslant veut il estre trahy,
Veut-il estre battu, & des tyrans hay,
Veut-il estre lié en portant la couronne
Apposée sur son chef, par les coups qu'on luy donne.
Veut-il estre cloué à guise d'vn meschant
Dessus vn bois croisé, où trois heures est penchant,
Il expire d'amour & de douleur ensemble,
Pour mõstrer aux humains, qu'aucun ne luy ressemble:
Où sera donc l'aigreur desormais de la mort
Si l'Autheur de nos iours pour son dernier effort
En a beu en mourant, le fiel & vinaigre,
Où seront les douleurs qui te rendent si maigre
Ce doux Sauueur ayant dans sa teste rompu
Les espines pointues, pour ton cœur corrompu
En quoi consisteront les tourmens & supplices
Si ce Dieu tout-puissant a brisé pour tes vices
Sur son corps innocent les verges & ferremens.

Fatiguant

Fatiguant les bourreaux souffrant patiemment,
Quelles marques d'horreur portera le visage,
Voyant celuy d'vn Christ couuert d'vn tel ombrage,
Visage auparauant orné des plus beaux traicts
Et des lineamens de ses diuins attraits,
Quel lasche en son abord luy tournera la face,
Quel poltron en voyant son Prince sur la place
Combattre vaillamment sans luy donner secours,
Sçachant que c'est pour luy, qu'il doit finir ses iours.
Mais, ou disons plustost le plaisir qui se trouue
Dedans ces agonies que le mauuais n'approuue,
Tenant la couppe en main, où le Christ courageux
Beut le nectar amer, pour nous auantageux
Quelle ioye n'a-t'on pas sentant cette agonie,
Qui nous fait enrooller dedans la colonie
Des tourmens endurez par Iesus nostre chef:
Mais, dis-ie, quelle ioye sentons nous derechef
Blessez des mesmes traits qu'a ressenti son ame
Nous voyans aux abbois, touchez de mesme flame
Quelles douceurs sent-on marchant dedans ses pas
Tous tapissez de fleurs pour aller au trépas,
Y a-il plus grand repos que d'auoir la pensée
Qu'en finissant nos iours nostre ame est auancée,
Dés leur dernier effort, iusqu'au sommet des Cieux
Que ce Sauueur diuin par ses clouds douloureux
Et par le pesant faix, d'vne infame potence.

D

A rompus & brisez pour borner la souffrance.
Quel repos pouuons nous esperer plus parfaict
Si ces cieux sont l'obiect du merite imparfaict,
Que nos cœurs en souffrant ont forgé sur la terre,
Viuans dans les soucis plantez dans leur parterre,
Que tes apas, ô mort, me donnent de plaisir,
Triste vie, que les tiens me font de déplaisir,
Chere mort que tes maux me donnent de plaisance,
Dure vie que les tiens, me causent de nuisance,
Tout le monde, Seigneur, toutesfois craint mourir,
Tout le monde veut viure, & ne veut rien souffrir,
A quoi donc tant de morts par vous ainsi souffertes,
Puisque chascun les fuit quand elles sont offertes,
On dit que le trepas est tout d'espines orné,
Mais vostre chef l'en a maintenant desorné,
Pourquoy donc s'allarmer si fort de l'entreueuë,
De ce trepas qui veut contenter nostre veue,
Qui vient pour nous donner le comble du bonheur,
En nous ostant la vie fautrice du malheur,
Que maintenant ie meure, ie n'ay plus de terreur,
Non pas de la façon, que ie fay à toute heure,
Vieillissant sans douleur, san sentir que ie meure,
Mais dans des agonies rudes & continuelles,
Ressentant des rigueurs & souffrances annuelles,
Et que durant ce temps l'harmonie des souspirs
Des pleurs & des ãglots soient mes plus doux plaisirs.

Mourir de voſtre main ; O Seigneur quelle gloire,
Mourir de voſtre amour, O Dieu quelle victoire,
Car quoy que les douleurs me veuillent emporter
Le don d'vne vertu me les fera porter,
Eſperant toutefois de vous vne autre grace,
Qui changera la mer de toute leur diſgrace,
Dans vn autre ocean de plaiſirs inoüis,
Dont iamais ſens humain icy bas n'a iouy :
Ouy, mon Sauueur, ie veux mourir ſans repugnance
Autant de fois que i'ay peché par ignorance :
Ouy Sauueur, ie mourrai, pour autant de moments
Que ma vie a paſſé iuſqu'icy ſans tourments,
Pour en ſuitte gouſter les delices parfaittes
Qui ſe trouuent au deſſus des conſciences nettes,
Treſpas ou vous forgez par voſtre grand bonté,
Les inſtruments diuers que i'ay ia raconté,
Inſtruments douloureux, mais dont les rudes peines
Sont aux amăs d'vn Chriſt des douceurs ſouueraines.
Ha! que n'ay-ie vne vie digne aſſez de ces morts
Pour appaiſer mon Dieu courroucé par mes torts.

❀❀❀❀❀❀❀❀❀❀❀❀❀❀❀❀❀❀❀❀❀❀❀❀❀❀❀❀❀

Seconde poſe, de la deuxieſme conſideration.

FAiſant reflexion ſur les choſes animées
Qui n'ont de mouuement que pour ſe maintenir
Ie voy des actions contr'elles enuenimées,

Qui les meinent au tombeau pour les y retenir.
   Ie ne sçaurois tirer de raison bien solide
De ces choses opposées qui se combattent ainsi,
La matiere sera, mais tellement auide
De son estre formel, que mon cœur est transi.
   Ce composé pourtant peu à peu finira
La matiere prenant sa nature premiere,
Reprenant son neant quand elle s'en ira,
Le tombeau luy faisant son dernier luminaire.
   Et que dirons-nous donc touchant ces veritez;
Soustenons hardiment, que la mere commune
Cherit tous ces enfans qu'elle a bien heritez,
Les horreurs de la mort qui leur semble importune.
   Mais soustenons aussi le droict de la raison
Plus noble que n'est pas cette vile nature,
La raison chez la mort establit sa maison
Quand la nature en craint la seule portraiture.
   Les bons genies de là, penetrant cette peau
Hydeuse de la mort, tous charmez par elle,
Goustant que son humeur est plus douce que l'eau
Quoy qu'elle soit pourtant des meschans la bourelle.
   Cette nature veut toutesfois conseruer,
Ce que la Parque veut à tout moment destruire,
La premiere à grand tort de vouloir reseruer
Icy bas des enfans qui ne luy font que nuire.
   Elle inspire la vie dans des corps de suif,

Et

Et les veut conseruer parmy les feux & flames,
Mais quoy, faut l'excuser elle est touchée au vif,
De ce que ses enfans la quittant sont aux larmes.

Elle les a dottez des qualitez contraires,
Lesquelles a tout moment se liurent des combats,
Mais faudra tost ou tard qu'elles vuident d'affaires,
Aux despens des suiets qui causent leurs debats.

C'est chose bien estrange de mourir deuant naistre,
Car le mesme moment de la creation,
De nos ames en nos corps fera bien tost paroistre
La ruine de ces corps, sans respiration.

Car il n'est rien plus vray, qu'vn seul souspir
leur donne,
Vne attainte à l'instant qu'ils ont respiré l'air,
Mais les blesseures en sont si douces que personne
Ne s'en plaint à part soy, ny mesme chez son pair.

Vieillir en plaisir, c'est mourir tout de mesme,
Qui longues années attend, demande longues morts,
S'il est vray qu'en viuant le caualier blesme
Nous fait à tout moment des insensibles efforts

En effect il est vray, qui prend plaisir à viure,
Il ressent en mourant de semblables plaisirs
Car la vie & la mort ont faict vœu de se suiure,
Et combien qu'opposées elles ont mesmes desirs.

On vit en respirant & on y meurt aussi,
Chaque souspir ietté nous dispose la voye,

E

Pour aller au trespas, que nous craignons ainsi,
Et le dernier sorty nous comblera de ioye,
*   Aristote soustient qu'il n'est rien plus affreux*
Que la mort qui poursuit à toute heure les hommes:
Mais changeant son humeur, il est trop desireux,
De la trouuer enfin sous l'onde qui l'assomme.

*   Ne iugera-t'on pas qu'elle est pleine d'horreur,*
Par le chemin qu'il prend pour la trouuer sous l'onde,
C'estoit pour nous changer son amour en terreur,
Ialoux du grand pouuoir qu'elle a dedans le monde.

*   Il la mettoit au rang des choses indifferentes,*
Ne se voulant mesler de l'affaire des dieux,
Lesquels luy ont donné de tous costez des rentes
N'en voulans exempter personne sous les Cieux.

*   Mais Crates & Dion par leur mauuaise humeur*
Tançoient esgalement la nature commune,
De ce que les rochers deuançoient leur bonheur,
En viuans si long-temps sous les cours de la Lune.

*   Ils montroient en cela que leurs ames de roche,*
Plus dures que les roches ne voloient s'amolir,
Mais neantmoins la mort qui le plus fort acroche,
Les a fait malgré eux chez elle enseuelir.

*   Ils estoient plus cruels parmy toutes leurs plaintes,*
Que la nature n'est dedans ses actions,
Car s'il falloit durer comme ces monts sans crainte,
Nos cœurs se changeroient en de forts bastions.

Noſtre ſein porteroit des cœurs de Promethée,
Et les oyſeaux de l'air faiſans mille retours,
En becquetans nos corps, noſtre ame eſpouuantée,
Verroit les plus petits deuenir des vautours.

Les fleuues & les eſtangs, diſoient-ils couleront,
Et s'enfuiront touſiours demeurans fermes & ſtables,
Mais nos iours ſans arreſt és tombeaux rouleront
Sans trouuer vn moment de repos à nos tables.

Les aſtres eſgalement recommencent leurs cours,
Et nous ne verrons point repaſſer noſtre vie,
Toutes les plantes & fleurs renaiſtront tous les iours,
Mais chaſque iour la mort nous deffait par enuie.

Toutes ſes plaintes ſont tolerables aux Payens
Qui n'ont d'autre bon-heur que de viure ſur terre :
Ces hommes auoient raiſon d'aimer tãt leurs moyens,
Car les ayant laiſſez l'enfer eſt leur parterre.

Que les fleuues & ruiſſeaux s'eterniſent en courant,
Qu'ils ſe faſſent icy bas vn eternel empire,
Que noſtre plus long iour, comme vn eſclair mourant
Se termine au neant, c'eſt tout ce qu'il aſpire.

Sont des dons gratuits que le Ciel nous départ,
Nous attirant à luy par la douceur des charmes,
Par le droit à luy deu mettant les bons à part,
En donnant aux mauuais des eternelles alarmes.

Que tous les aſtres enfin reuiennent dans leurs pas,
Qu'ils retournent ſouuent dedans leur meſme route,

Que nos iours en naiſſant s'en aillent au trépas,
Nous en ferons pluſtoſt deſſus la haute voute.

  Que tous les arbres auſſi ſe faſſent tous les ans
Des nouueaux berceaux pour garder leur ieuneſſe,
Que nos iours ſoient autant de luminaires ardans,
C'eſt pour pluſtoſt trouuer le ſeiour de Lucreſſe.

  Sont autant de faueurs du Monarque ſupréme,
Qui par ſes agonie, nous appelle au tombeau,
Qu'il a voulu remplir trois iours durant luy-meſme,
Pour en chaſſer l'horreur & nous le rendre beau.

Troiſieſme poſe.

O Fontaines & ruiſſeaux, fuyez inceſſamment
Le temps qui vous pourſuit ſans aucun detri-
  ment
Ie n'enuie point le ſort de voſtre longue vie,
Puiſque mon bonheur giſt dans la mort que i'enuie.
Recommencez beaux aſtres tous vos cours vagabonds,
Ie veux aller au port où m'attendent les bons,
L'ancre de mes deſirs prendra terre au ſepulchre
C'eſt là que mes trauaux retrouueront leur lucre.
Et vous qui tous les ans, arbres, plantes, & fleurs.
Renaiſſez au printemps parez de vos couleurs
Pourſuiuez vos deſſeins, car mon cœur à toute heure
Attend ce bel arreſt qui veut que chaſcun meure.

eC.

Ce n'eſt pas que mes iours, ne coulent à guiſe d'eau,
Mais s'eſtant eſcoulez ils demeurent au tombeau,
Ce n'eſt pas qu'ils ne ſoient de meſme que les aſtres,
Car ils s'eclipſent auſſi par les communs deſaſtres,
Mais lors que le flambeau en ſera tout eſteint
On ne verra iamais dans le monde ſon teint
Mais quel contentement, quelle plus grande ioye,
Le voyant par apres dans l'eternelle voye,
Ne puiſſe pas auſſi aux plantes reſſembler,
Puiſque tous mes diſcours qu'on ne peut aſſembler,
Que mes propos en ſont l'ornement & fueillage,
Tous mes deſirs les fleurs, mes actions l'vſage,
Toutefois mon printemps, qui marche ſans retour,
Me rend tout differend par vn excez d'amour,
Car qui eſt au delà du temps de la durée,
N'a beſoin des ſaiſons, de la voute azurée,
Theophon, Epicure, & autres leurs pareils,
Ont mille fois vômy par leurs plus doux accueils,
Les iniures & brocars à la mere commune,
L'appellant tres-ſouuent, la maraſtre importune,
Pour nous auoir iettez dans la mer des malheurs
Nous repaiſſant touſiours de miſeres & douleurs
Ils l'accuſent d'auoir autant fait de ſupplices
Que ſes mains ont formé de differens delices :
Conſiderans tous deux, que tous les mouuemens
Des choſes d'icy bas ont toutes leurs tourmens,

F

Et chafqu'vne à par- foy fe fera voir cruelle,
N'aurant le cœur humain de fa fleche mortelle.
Le Ciel eft plain d'efclairs , de foudres , & de car-
    reaux,
Le feu tout embrazé pour eftre fes bourreaux
L'air le veut accabler par les coups de fa grefle,
Ou fe refoud en eau par le feu qui s'y mefle,
Faifant tous fes efforts pour le mettre au neant,
Les eaux murmurent & grondent toufiours en tour-
    neant,
Tafchant de l'engloutir foubs leurs vagues orageufes,
La terre luy foufrit , mais fes veines-ombrageufes,
Sont remplies de gros vers , qui rongeront fon corps,
Tous les autres animaux par leurs communs accords,
Armez de griffes & dents courent par toutes voyes
Le chaffant iour & nuict pour en faire leur proyes
Les montaignes & rochers s'ouurent de toutes parts
Pour l'accabler deffous leurs mines & boulleuarts.
Il femble, difoient-ils, que la nature tafche
D'expofer tous les iours l'homme fans nul relafche,
Aux miferes et malheurs en fouffrant mille morts
Auant que de mourir par leurs derniers efforts.
Ie veux bien maintenant authorifer leurs plainte :
Mais pour exterminer leurs fens par d'autres pointes,
Changeons tant feulement de difcours & de ton :
Montons vn peu plus haut , car nature dit-t'on

L'aueugle deité est vn instrument vile,
Par qui la deité rend tout estre mobile,
Tellement que c'est Dieu qui permet que les Cieux,
Que les astres, elements, nous sont iniurieux,
Mais la raison en est plus chere & moins curieuse
Et d'autant plus aimable qu'elle n'est ennuyeuse:
Car son amour nous faict liurer tous ses combats
Afin que nous ayons à mespris nos esbats.
Que la terre nous soit vn seiour mesprisable
Puisque nous sommes nez pour vn ciel delectable
O adorable amour, que tes traits sont charmants?
Ce Saueur amoureux touché de nos tourments,
Par vne inuention de sa pure clemence,
Augmente de nos maux le nombre & la souffrance,
Nous contraint de chercher le repos eternel,
Dans la foule des maux de ce monde mortel:
Car il nous faict souffrir icy bas mille peines
Pour nous faire euiter les eternelles gehennes.
La boëte de Pandore est moins remplie de maux
Que nos corps, qui se voyent esclaues des trauaux,
C'est pour nostre bonheur, puisque nostre esperance,
Les tient pour son salut, & son port d'asseurance,
Nous sommes tous suiets à mille maladie.
Aux funestes accidens ou Dieu seul remedie:
Mais tous esgalement nous meinent au monument:
Mais quel bonheur & gloire changer à tout moment,

De vie par ces moyens, si differens d'espece,
O gratieux changement, qui met nos iours en piece
Pour les renouueller dans d'autres plaisans iours,
Delectable inconstance qui par tant de retours
D'ennuis & de douleurs nous met dedans les pleines
Des doux contentemens, qui rempliront nos veines,
Augmentez donc, Seigneur, nos angoisses & douleurs,
Si elles font les fers de toutes les ardeurs,
De vostre amour diuin qui nous lie & attache,
Si fortement aux loix que vous donnez à tasche.
Seigneur, c'est maintenant que nous courons à vous.
Sus donc Chrestiens, mourons icy, que faisons nous,
O nature marastre, symbole de paresse,
Tu conserues nos cœurs longuement en detresse,
Tu nous fais souspirer icy bas lentement,
En voulant trop garder ton dernier mouuement,
Viure sans vous, Seigneur, c'est chose trop penible,
Estre esloigné de vous cela m'est impossible:
Les plus cruels tyrans, & inhumains bourreaux,
N'ont iamis tant donné par leurs fers & couteaux,
De tourmens aux mortels, comme fait vostre absence
A mon cœur desireux posseder vostre essence
De sorte que ma vie desirant voir sa fin,
M'est le plus fascheux mal que m'enuoye le destin,
Elle pleure & gemit de se voir enfermée

Dans

Dans la priſon d'vn corps trop longuement fermée,
Non ſeulement priſon, mais vn banniſſement,
Qui rend nos plus beaux iours pleins de gemiſſemens:
Mais toutefois la mort, dans noſtre impatience
Soulage toſt ou tard nos ennuis par violence,
Le treſpas dans l'œil, oſte les larmes aux yeux.
Leur monſtrant peu à peu le ſeiour glorieux
Que nos premiers parens meſpriſans les deffenſes
Auoient perdu pour eux & pour leurs deſcendanſſes.
Ciceron ce puiſſant, ce genie eloquent,
Publioit autrefois par vn diſcours frequent,
Que toutes nos penſées affections mentales
Se deuoient occuper à nos heures fatales,
I'ayme ſon ſentiment, car i'aduoue en effeſt,
Qui apprend à mourir, veut deuenir parfaiſt,
Que peut-il ignorer, ſi toutes les ſciences
Regardent le tombeau miroüer des conſciences,
L'Aſtrologie m'apprend la puiſſance des Cieux
Par le frequent concours des aſtres radieux,
Et par la qualité de leurs douces affluences,
Mais qui cognoiſt le ſien a plus de cognoiſſances
Mathematiques enſeignent toute Dimenſion,
Et l'art de meſurer les voutes de Sion,
Le compas du neant qui meſure noſtre eſtre
Nous donne dès leçons plus belles pour pareſtre:
La Philoſophie met ſes raiſons dans l'eſclat:

G

Mais vn raisonnement sur nostre bas estat,
En presche la grandeur & dignité supréme,
Quand elle luy fait voir son ignorance mesme.
La Theologie conduit nos esprits dans la foy
Nous faisant adorer les secrets de la loy,
La pensée du trespas, d'vne action contraire,
Nous rabaissans plus bas, sans pourtant nous distraire
En déuoilant nos yeux nous fait voir les secrets.
De toutes les merueilles des souuerains decrets.
Iurisprudence monstre les voyes de la iustice
Et la loy du trespas en est l'arrest propice :
Galien nous enseigne les moyens d'adoucir
Toutes sortes de maux iusqu'au simple tousfir.
Mais la mort plus subtile, en cet art plus hardie
Nous guerit au plus fort de nostre maladie,
Or su soustenons donc que qui sçait bien mourir,
Sçait tout parfaictement sans liures parcourir
Puisque la seule science du trespas nous peut rendre
Des hommes tres-sçauans qui peuuent tout com-
    prendre :
Ce qui fist dire à Iob modelle des souffrans,
Que le sepulchre estoit son meilleur bien offrans
Se sentant tout remply de viues mort luy-mesme,
Vn sepulchre viuant plein de douleur extresme
Qui viuoit en mourant, & souffroit par amour
Tous ces trespas viuans qui duroient nuict & iour.

Car souffrant par amour ses peines estoient bien
    douces,
Son amour surpassant leurs plus rudes secousses,
Son fumier luy sembloit vn throsne rauissant,
Où il faisoit la loy au demon rugissant,
Mais passons plus auant, & faisons vne pose,
Il faut que mon esprit quelque peu se repose.

Quatriesme pose, de la 4. Consideration.

DE tous ces rudes maux dont nous sommes at-
    taints,
I'aduoë que les plus doux, le moins insupportable
Est celuy de la mort, quoy que tres-redoutable,
Puisque par elle ils sont à nous laisser contraints.
    Tout le monde la craint, comme dit Menander,
Et i'ay peur, disoit-il, qu'elle ne m'abandonne,
Car qui sont les tourments plus cruels que nous donne
Le malheur qui nous peut chasque iour commander.
    Sophocles est pressé d'vn mesme sentiment,
Quel crime auons nous faict, dit-il, par desplaisance,
Pour estre condamnez auant nostre naissance,
Aux tourments de la vie portée au chastiment.
    Et d'où vient que les traces au bruit de leurs
    hauts cris,
Celebroient par leurs pleurs, par leurs souspirs & lar-
    mes,

La naiſſance dés leur comme de rudes allarmes,
Sinon qu'ils les voyent des maux le but & pris.

    Les Empereurs d'Orient dés le iour de leur regne
Pour ne ſe pas enfler de leurs tiltres & grandeurs,
Se faiſoient reueſtir de leurs triſtes couleurs
Leur grandeur comparant à vn filet d'araigne.

    Ie ſens bien mon malheur, diſoit vn ſaladin,
Quand il ſentoit mourant l'odeur d'vn puant baume
O quel muſc, diſoit-il, eſt cecy qui m'embaume,
Qui faict voir que mes iours reſſemblent au baladin.

    Les Medes impatiens attendans leur treſpas,
S'enfermoient tous viuans aux tombeaux de leurs
      peres,
Les Scytes alloient gayement conſommer leurs arteres
Dans les feux allumez comme à de bons repas.

    Que de contentement d'ouyr parler Socrate,
Dedans ſes agonies, des plaiſirs de la mort.
Employant ſes eſpprits pour ſon dernier effort,
De la trouuer bien-toſt pour eſiouyr ſa rate.

    Durant ſes plus grands maux & ſes plus chau
    des flames,
Il ne parloit, ſinon que d'immortallté,
Qui ſuiuoit le trépas pour ſa felicité,
Sans penſer aux tourmens qu'endureroient les ames.

    Choſe eſtrange Chreſtien, car ce pauure inſenſé.
Se repaiſſant d'eſpoir d'vn bien imaginaire :
                Appelle

Appelle incessamment la mort pour se complaire,
Sans penser qu'il sera d'vn enfer compensé.

Il n'a le poulx esmeu que d'vn excez de ioye,
Mais nous autres tremblons du frisson de la peur,
Plustost que du chaud mal qui est à nostre cœur,
Quand il faut du trespas suiure bien-tost la voye.

Nous nous espouuantons à l'abbord des nouuelles
Qui nous sont enuoyées touchant de nostre départ:
Il est vray que les bons auront les Cieux pour part,
Quand les mauuais auront les flames eternelles.

Viuans bien nous auons tous les gages sensibles
Promis & tres-certains du repos eternel,
Car la verité mesme auant monter au Ciel,
Nous les a mis en main comme dons accessibles.

Nous touchons en mourant, desia d'vn doigt les
    Cieux,
Et le reste du corps dans l'effroy de la gehenne,
Redoute ce iamais, comme autheur de sa peine,
Cét excez est trop bas au Chrestien courageux.

Ce Payen ia susdit errant dans sa creance,
Tenant le verre en main remply d'vne poison,
En beut à ses amis pour lors en sa maison,
Plus tristes de son mal que de son ignorance.

Ie le voy tres-content d'arriuer aux abois
Et nous apprehendon· le seul nom du sepulchre,
Qui cependant doit estre plus sauoureux que sucre,

H

Puis qu'il nous fera voir de meilleurs iours cent fois.

Ie rougis millefois quand ie voy des Payens
Aller si franchement triompher au supplice,
N'ayant pour leur obiet qu'vn fabuleux delice,
Comme se figuroient ces anciens Troyens.

Phocion, Themistocle, & Demosthene aussi,
Estoient de ces amants de nos champs elisées,
Qui rauis de ces lieux ils tournoient en risées,
Tous les fascheux tourments qu'ils enduroient icy.

Et nous qui sommes armez d'vn bouclier de foy
Contre qui les demons, auec tout l'enfer mesme
Ne sçauroient attenter, nostre teint sera blesme
En pensant au trespas qui donne à tous la loy.

Quoy Caton, Cassius, Brutus, nous font reproche
Se iettans constamment dans la mer de leur sang,
Pour posseder plustost auec Pluton leur rang,
Et nous fuyons la mort quand elle nous approche.

Sus donc, suiuons la mort, c'est nostre bonne amie,
Ne craignons son abord poueu que nostre cœur
Delaisse son peché, & s'en rende vainqueur,
Nous serons couronnez de Dieu dans l'autre vie.

www.ingramcontent.com/pod-product-compliance
Lightning Source LLC
LaVergne TN
LVHW012122170726
843501LV00008BC/2963